Mon roman de l'Avent

Le renne mystérieux

Natacha Godeau

AUZOU

Bienvenue !

Voici un roman pour t'accompagner jusqu'à **Noël !**

Chaque jour du mois de décembre et jusqu'au réveillon, aide-toi d'une règle pour découper les pointillés et **ouvrir le chapitre du jour,** comme avec un **calendrier de l'Avent !**

Tu découvriras alors un nouveau chapitre de l'histoire, à lire seul(e) ou avec un adulte. **C'est toi qui décides !**

Bonne lecture !

1ER
décembre

Un souffle de magie

— Tu as fini, Elliot ? Il va neiger, rentrons à la maison !

Cette année, les vacances de Noël durent tout le mois de décembre. Trop de chance !

Enfin... dès le premier jour, papa nous a demandé, à maman et à moi, de l'aider à ramasser du lichen pour les rennes. Et il fait tellement froid ! Le vent souffle fort sur la forêt. Les branches sombres des arbres s'agitent en grinçant, et de gros nuages gris s'amoncellent dans le ciel.

— Ça y est, papa, mon sac est plein ! Ouf, j'ai fini pour aujourd'hui !

Beurk, je déteste le lichen. C'est une mousse verdâtre et humide qu'on ramasse par terre et sur les troncs des arbres... Mais, bon, les rennes de notre élevage adorent ça et c'est excellent pour leur santé.

— Parfait ! s'exclame maman. À nous trois, nous rapportons une belle récolte !

— Oui, on a bien travaillé, approuve papa. Allez, tous au 4×4 !

Nous habitons une jolie maison en bois, à l'orée de la forêt, pas très loin de la ville. Quand il fait beau temps, je peux aller à l'école à vélo. Mais plus besoin de penser à l'école, maintenant, puisque mes super vacances de Noël commencent ! En plus, je vais enfin rencontrer ma cousine Flore. Je ne la connais pas, car elle vit en Afrique, où ses parents organisent des safaris-photos. J'ai vraiment hâte qu'elle arrive, je suis sûr qu'elle a plein d'histoires à raconter !

— Quand est-ce que l'avion de Flore atterrit, maman ?

— Dans deux heures, mon chéri. Nous irons à l'aéroport après le dîner.

— Et dans deux semaines, nous y retournerons pour aller chercher ses parents et fêter Noël tous ensemble, se réjouit papa.

— Oui ! Je suis trop content ! Mais j'espère que Flore n'aura pas peur de Furieux, il a tellement mauvais caractère...

Papa éclate de rire.

— Ta cousine a l'habitude de voir des lions et des rhinocéros, dans la réserve où elle vit. Je ne pense pas que ton renne va beaucoup l'impressionner...

Eh bien, moi, je n'en suis pas si sûr !

— Je parie que si ! je lance, vexé.

Mais pas la peine de m'énerver. Pour le moment, je dois nourrir les rennes ! Je choisis donc deux grosses bottes de carottes dans le panier à légumes avant de foncer dehors, vers l'enclos qui s'étend jusqu'à la lisière des bois.

— Allez, approchez ! Venez manger !

Aussitôt, les gourmands se précipitent dans ma direction en se bousculant avec leurs bois énormes. Furieux, le plus sombre et le plus fort de tous, me pousse du bout du museau tandis que je lui tends une carotte.

— Ha ! Ha ! Tu es toujours pressé, toi !

Tout à coup, le ciel s'obscurcit. La nuit ne tombe jamais si vite, c'est inattendu ! Et même si ma doudoune me tient bien chaud, je frissonne. Que se passe-t-il ? Un silence inhabituel s'abat sur la forêt. Je tends l'oreille. On n'entend plus un oiseau dans les hauts pins, plus un bruissement dans les fourrés qui longent le fond de l'enclos. Comme si la nature s'était figée… C'est bizarre, comme impression.

Et, brusquement, une lueur argentée traverse le buisson épais qui frôle la clôture. Les aiguilles des pins frémissent, un rayon de soleil perce, et tout reprend vie. Quelque chose d'étrange flotte dans l'atmosphère… Quelque chose comme un souffle de magie… J'en ai la chair de poule !

2
décembre

Copains comme cousins !

Hier soir, nous sommes allés chercher ma cousine à l'aéroport juste après le dîner, et je n'ai plus pensé à l'étrange épisode près de l'enclos. À cause de la fatigue du voyage, Flore s'est couchée tôt, et nous n'avons pas eu le temps de faire vraiment connaissance. Mais ce matin, au petit déjeuner, nous pouvons enfin bavarder. Et je ne suis pas déçu : elle a l'air super sympa !

— Oh, vous vous ressemblez tellement ! ne cesse de s'attendrir maman en nous regardant tour à tour.

Bon, d'accord : nous avons les mêmes cheveux roux et raides, les mêmes yeux bleus, le même âge. Et la même veste polaire, celle avec l'écusson de Spiderman qui capture le Bouffon vert. Trop top, on a les mêmes goûts !

— Tu en lis beaucoup, des BD de super-héros, Flore ? je lui demande.

— Je les collectionne, j'adore ça ! répond-elle en souriant. J'ai aussi la passion des animaux. Plus tard, je veux être vétérinaire. Et toi ?

— Je serai éleveur de rennes, comme papa et maman. Ou alors inventeur de jeux vidéo, je ne suis pas encore très sûr. Mon meilleur ami, Paul, est un grand fan de jeux vidéo, lui aussi. Si tu veux, on jouera avec lui en ligne, un de ces jours. Il a un jeu où il faut s'occuper des animaux, dans une ferme. Ça devrait te plaire !

D'accord, je mélange un peu tout, dans ma réponse. D'ailleurs, Flore se moque gentiment de moi. Elle est jolie, avec sa fossette qui creuse sa joue droite, et je rougis un peu, je le sens.

— Tu as l'air plutôt drôle, comme cousin. Je suis contente d'être ici ! Tu m'emmènes voir les rennes ?

— Pas de problème ! Je dois justement aller remplir leurs mangeoires. Suis-moi, je vais te présenter Furieux, mon renne préféré !

Il y a beaucoup de brouillard, ce matin. Ça rend le temps encore plus froid, pour le plus grand bonheur des rennes, qui détestent avoir chaud ! Furieux trotte en soufflant de petits nuages d'haleine devant lui, comme s'il venait de cracher du feu...

— Waouh, il est immense ! s'exclame Flore. Je parie qu'il intimiderait les lions de la réserve.

— Et encore, il faut l'entendre bramer ! Son cri ferait reculer n'importe quel animal de la savane, ça tu peux me croire !

Flore pouffe.

— Tu aurais dû l'appeler Dragon !

Hé ! Elle se moque de moi ! Mais je sais comment me venger : je lui confie la mission de distribution du lichen...

— Beurk, c'est gluant, grogne-t-elle. Les rennes aiment vraiment ça ?

— C'est leur gourmandise préférée.

— Et ils aiment aussi rester dehors par ce froid ?

— Ils sont faits pour ça, je la rassure. L'étable reste ouverte pour qu'ils puissent s'abriter, mais, tu vois, ils préfèrent se balader dans l'enclos.

Soudain, une mini-tempête de neige s'élève. Le vent tournoie en rafales glacées, les flocons tombent en rideau poudreux...

— Viens, Flore, on rentre à la maison !

Ouf, c'est bon de se réfugier au chaud! D'autant que Paul me téléphone pour me demander si je veux jouer avec lui en ligne. Il est d'accord pour que ma cousine fasse équipe avec moi. On s'amuse bien! Mais Flore a l'air plus intéressée par les rennes, qu'elle surveille par la fenêtre.

Suivant son regard, je lui explique de nouveau:

— Ne t'inquiète pas, ils ne craignent rien! Et puis, ici, la météo chang...

Je m'interromps: on distingue une silhouette à l'orée de la forêt! Un homme, assez grand et barbu, marche entre les buissons comme s'il faisait beau temps, en tournant la tête de tous côtés. Mais... hop! le temps de cligner des yeux, et il a disparu! Qui est ce drôle de rôdeur?

3
décembre

L'abominable chanteur des neiges

J'ai passé un super après-midi avec Flore, hier. Dès que la neige a cessé de tomber, papa est sorti avec nous pour essayer de trouver les traces de l'homme que nous avons aperçu. Nous n'avons repéré que des empreintes de sabots, entre les fourrés. Mais pas des sabots de renne !

— Le mystère est résolu, les enfants. Ce que vous avez pris pour un homme, c'était un sanglier, je suis formel ! a conclu papa après avoir examiné soigneusement la piste.

Flore m'a regardé en fronçant les sourcils. Elle avait du mal à y croire. Et moi aussi !

— Mais, on a vu un monsieur, papa ! C'est absolument et totalement sûr et certain !

— Je comprends, Elliot. Mais il neigeait, et il y avait beaucoup de vent. L'écran des flocons a dû déformer la silhouette d'un sanglier venu chercher à manger sous les buissons. N'y pensez plus et amusez-vous, puisque le soleil est de retour !

Nous avons suivi son conseil. Nous avons bien ri en commençant à construire une cabane dans le vieux pin qui pousse près de l'étable. Flore et moi, nous nous entendons comme des jumeaux, c'est trop chouette ! Elle aime bien me taquiner, en se vantant d'être la plus grande spécialiste des animaux d'Afrique. Et moi, je lui lance des défis idiots, comme « Cap ou pas cap de plonger le visage dans la neige ? »...

Ce soir, après le dîner, je lui propose :

— Je retourne à l'enclos. Tu viens ?

La nuit tombe déjà, mais ma cousine n'hésite pas une seconde ! Elle veut en profiter pour décorer un peu l'étable avec des guirlandes de Noël. Elle dit que c'est parfait, pour des rennes ! Moi, je suis d'accord. Mais je n'oublie pas de leur apporter aussi un dessert. Pour une fois, ils ont droit à des pommes, et Furieux se régale ! Flore le regarde en souriant, amusée, lorsqu'un grognement s'élève d'un buisson, à l'autre bout de l'enclos. Je sursaute, et mon estomac semble tomber comme une pierre à l'intérieur de mon ventre !

Vu son visage figé, ma cousine a au moins aussi peur que moi.

— Tu as entendu, Elliot ? Tu crois que c'est le sanglier ?

Il n'y a qu'un moyen de le savoir : aller vérifier ! Si un sanglier rôde dans les parages, ça risque d'être dangereux pour les rennes… Il pourrait être agressif ! Je sais que ce n'est pas prudent, mais je ne veux pas me dégonfler devant ma cousine… Nous avançons prudemment jusqu'aux fourrés et, sous les branchages, nous découvrons un bel animal, couché à l'abri.

— Oh ! c'est un renne, un renne sauvage ! je m'écrie, surpris. Il doit avoir faim ! Il faut aller lui chercher à manger.

Heureusement, on a un gros stock de nourriture pour l'élevage. De quoi contenter le visiteur ! D'ailleurs, il mange de bon appétit. Soudain, son pelage gris et blanc se met à briller, à scintiller, à crépiter de joyeuses étincelles argentées…

— C’est... normal, ça? s’inquiète aussitôt Flore, bégayant de stupéfaction.

Au même moment, quelqu’un commence à fredonner, au loin, d’une voix assez grave et grinçante... Dans le blanc paysage que la lune fait étinceler, avec au loin la sombre forêt, la mélodie a des accents lugubres et menaçants... Comme pour annoncer que quelque chose de terrible est sur le point de se produire! Pas besoin de se concerter: ni une ni deux, nous détalons vers la maison, le cœur battant à mille à l’heure!

4
décembre

Un précieux pensionnaire

Hier soir, mes parents étaient endormis devant la télévision quand nous sommes rentrés. Flore et moi avons préféré monter nous coucher sans les réveiller. On leur parlera plus tard du renne et de la voix effrayante.

J'ai laissé ma cousine devant la chambre d'amis pour aller aussitôt me pelotonner sous ma couette. Ce matin, nous nous retrouvons dehors, sous le porche de la maison, avant même l'heure du petit déjeuner...

— Et si on allait au buisson? lance Flore. Le renne sauvage y est peut-être encore.

— Moi, je suis sûr qu'il sera parti. On parie? S'il n'y est plus, je gagne!

— Et le gagnant reçoit quoi? Il faut que ça en vaille le coup!

Je hausse les épaules. Je m'en fiche, moi. Gagner, c'est suffisant! Mais Flore n'est pas de cet avis.

— Je sais! Le gagnant aura le droit de faire équipe avec Paul à la prochaine partie en ligne, propose-t-elle.

Je lève les yeux au ciel. Son idée me semble ridicule! Mais j'accepte et... je perds le pari: le renne est toujours caché sous les fourrés.

— Ses poils ne brillent plus du tout, soupire ma cousine. Tu crois qu'on a rêvé, Elliot?

Je secoue la tête.

— Bien sûr que non, puisque le renne est là ! Mais on doit découvrir pourquoi il ne bouge pas d'ici.

— Il est peut-être malade, ou blessé ?

— En tout cas, il doit avoir besoin d'aide, il faut vite prévenir mes parents !

Moins d'une minute plus tard, nous leur racontons notre fantastique découverte.

— Vous n'auriez jamais dû vous approcher de ce renne, gronde maman. Un animal blessé peut être dangereux !

— Conduisez-moi auprès de lui, que j'essaie de voir comment il va, tempère papa.

À mon grand étonnement, le renne se laisse examiner sans broncher.

— Une de ses pattes semble douloureuse, annonce enfin papa. Il s'est peut-être battu avec le sanglier dont nous avons repéré les empreintes ? Je vais l'installer dans l'enclos et lui poser une attelle pour immobiliser l'articulation. Elliot, tu peux le surveiller ? Je reviens avec la remorque.

Une fois le blessé à l'abri, papa téléphone au vétérinaire, qui promet de passer vite.

— Les enfants, vous vous occuperez de notre pensionnaire en attendant ! décide maman. Surtout, faites bien attention à son comportement et à celui des autres envers lui.

Flore a alors une excellente idée (que j'aurais aimé avoir moi-même, en fait) : apporter des écorces de bouleau séchées à tous les rennes en même temps. Elle a raison, le festin imprévu met le troupeau de bonne humeur à l'égard du nouveau venu.

— Tu n'as pas trop mal, Diamant ? s'inquiète ma cousine en ajoutant de la paille à la litière du renne sauvage.

— Diamant ? je répète, surpris.

Flore hoche la tête.

— Oui, ce nom lui va très bien. Tu ne te souviens pas comme il brillait au clair de lune ?

Je ne risque pas d'oublier, non.

— Tu n'as pas trouvé ça bizarre, d'ailleurs ? m'interroge Flore.

— Carrément louche, tu veux dire ! Un renne qui scintille comme s'il s'était roulé dans les paillettes et qui, en plus, ne laisse pas de traces dans la neige, car papa est sûr de n'avoir vu que des empreintes de sanglier...

C'est vrai que ça commence à faire beaucoup de mystères, en comptant l'énigmatique rôdeur barbu et l'horrible chanson grinçante venue de nulle part dans le noir... Brrr ! De mauvais génies rôderaient-ils dans la forêt ?

5
décembre

J'hallucine !

Le vétérinaire arrive en tout début d'après-midi. Diamant somnole dans l'enclos, et il n'apprécie pas, mais alors vraiment pas qu'on vienne le déranger ! Il proteste en bramant de façon intimidante. Mais je sais comment l'apaiser !

— Je vais lui donner une carotte, il se tiendra tranquille.

Bien joué ! Diamant se calme aussitôt, et le vétérinaire peut l'ausculter dans de meilleures conditions. J'espère que Flore a admiré mon professionnalisme... J'aimerais assez l'épater un peu !

— Est-ce que c'est grave ? demande papa.

Le vétérinaire est catégorique : inutile de s'inquiéter.

— La patte de Diamant n'est pas cassée. C'est juste une foulure. D'ici deux ou trois semaines, il gambadera à nouveau comme si de rien n'était. Veillez seulement à ce qu'il reste au repos et se nourrisse assez.

— Vous ne le trouvez pas étonnamment docile, pour un renne sauvage ? s'étonne papa.

— Diamant n'est pas un renne sauvage, affirme le soigneur. Il provient sûrement d'un autre élevage. Il est accoutumé à la présence de l'homme. Je pense même qu'il appartient à un attelage. Je vais passer une annonce pour tenter de retrouver son propriétaire.

— Merci, docteur. Et tenez-moi au courant, surtout.

Une fois papa et le vétérinaire partis, je me tourne vers Flore :

— Personne n'a remarqué quoi que ce soit de spécial sur son pelage…

— Parce qu'il n'a rien de spécial, justement, réplique ma cousine. On a dû mal voir, au clair de lune. Diamant est un renne comme les autres, voilà tout. Tu devrais le savoir mieux que moi !

Piqué au vif, je me renfrogne un peu. Je sais quand même ce que j'ai vu !

Flore caresse Diamant en lui chuchotant à l'oreille : « Soigne-toi bien ! », puis elle rentre à la maison pour écrire un e-mail à ses parents.

Moi, je décide de rester encore un peu pour nettoyer l'enclos. Je tiens à remplacer la paille souillée par un bon tapis de foin épais, bien sec et craquant. Ce sera plus confortable pour cette nuit !

— Allez, au boulot, Elliot !

Tout en m'encourageant à voix haute, j'empoigne un des râteaux et entreprends de racler le sol afin d'enlever la litière.

— Oh, non ! Quel maladroit !

Je viens de renverser le grand panier en osier dans lequel on entrepose de l'orge et de l'avoine. La coulée de céréales sur le sol provoque une formidable bousculade parmi les rennes. Quel chaos ! Les gloutons ruent, grognent, se poussent à coups de bois, happent du bout des lèvres les minuscules grains qui roulent sous leurs sabots. C'est à qui réussira à en avaler le plus ! Si jamais papa entend le raffut, il accourra et piquera une sacrée colère devant la catastrophe. Vite, je lâche le râteau et m'agenouille pour rassembler l'orge et l'avoine en me servant de mes bras, prenant même le risque de glisser la main sous les museaux des rennes affairés à dévorer les grains.

Seul Diamant demeure sagement couché dans son coin. Intrigué par son attitude, je m'approche de lui, lorsqu'il se redresse soudain. Et là, vrai de vrai, sous mes yeux effarés, il s'élève de quelques centimètres dans les airs ! Je me frotte les paupières, incrédule. Pourtant, pas de doute : Diamant est bien en train de flotter au-dessus du sol !

6
décembre

L'auto-stoppeur

— Je t'assure, Flore, Diamant a volé !

J'ai beau tout faire pour convaincre ma cousine, elle refuse obstinément de me croire. C'est vrai que j'ai moi-même du mal à y croire !

— Franchement, désolée, Elliot, mais un renne qui vole, c'est n'importe quoi. Pourquoi tu ne m'as pas appelée pour que je vienne voir ?

Je hausse les épaules dans un geste d'impuissance et avoue d'un ton penaud :

— J'avais peur que tu me prennes pour un menteur.

Flore secoue la tête.

— Mais non, voyons ! s'exclame-t-elle. Tu as peut-être eu une hallucination, comme quand on a cru que Diamant brillait...

— Mais il brillait ! je proteste en tapant du pied sur le carrelage.

Au même moment, maman s'engouffre dans la cuisine en enfilant sa doudoune bleue.

— Qu'est-ce qui brillait au point de t'agacer si fort, mon chéri ? m'interroge-t-elle.

Je bredouille un « Rien, t'inquiète » et, par chance, maman n'insiste pas.

— À propos de briller, nous allons tous en ville acheter des guirlandes de Noël. Vous n'avez pas oublié, j'espère ? lance-t-elle.

Dehors, papa klaxonne. Il commence à s'impatienter. Maman nous tend nos manteaux, et nous sortons dare-dare. Trop bien ! Une balade en 4×4 à se laisser bercer au chaud par la radio... J'accompagne le chanteur de mon plus bel accent : « Petit Papa Noël, quand tu descendras du cieeel... ! » Ce qui fait rire ma cousine, mais le présentateur intervient bientôt pour annoncer de grosses chutes de neige dans les jours à venir, et l'éventualité que des routes et l'aéroport soient fermés. Les yeux de Flore se brouillent instantanément. J'essaie de la réconforter.

— Ne t'inquiète pas, on a l'habitude des tempêtes, dans la région. On a tout ce qu'il faut à la maison.

— Merci, Elliot, murmure-t-elle d'une voix étranglée. Mais si mes parents ne peuvent pas prendre l'avion pour nous rejoindre, ce sera trop horrible. Ce sera même le pire Noël de ma vie, tu comprends ?

Elle ne parvient plus à retenir ses larmes, maintenant; elle a l'air vraiment angoissée.

— D'ici là, la neige a le temps de tomber et le soleil de réapparaître, la rassure maman. Nous...

Soudain, papa ralentit : il veut prendre un auto-stoppeur. L'homme monte avec nous à l'arrière en le remerciant, et je réprime un cri: on dirait le barbu qui rôdait près de chez nous en fouillant les buissons!

— Bonjour, les enfants! lance-t-il en s'installant sur la banquette. Alors, vous attendez Noël avec impatience?

— Oui, monsieur, répond Flore en reniflant. Mais moi j'habite en Afrique, je n'ai pas l'habitude de toute cette neige.

— Moi, je suis artisan, confie l'homme en souriant. Mon atelier se trouve à l'entrée de la ville.

— Nous vous y déposerons au passage, propose papa.

— Ah, merci, monsieur ! J'ai perdu mon animal dans les bois et je l'ai tellement cherché que j'apprécie de rentrer en voiture.

— Votre chien a fait une fugue ? interroge maman. À quoi il ressemble ? Si nous le voyons, nous vous préviendrons.

L'artisan répond avec un air étrange :

— Je... Oui, c'est... un... un très grand chien. Mais je crois qu'il a été recueilli et qu'on prend soin de lui. J'irai bientôt le récupérer.

Décidément ! Que d'animaux égarés, ces jours-ci ! Cet homme cherchait donc son chien, près de chez nous.

Tout à coup, les battements de mon cœur accélèrent. Une idée affreuse me vient : et si cet homme racontait n'importe quoi ? Et s'il cherchait à nous voler nos rennes ?

7
décembre

Encore lui ?!

Cet après-midi, papa et maman sont allés acheter des planches à la scierie voisine pour rénover la clôture de l'enclos des rennes. Il neige tellement que j'ai préféré rester au chaud. Flore aussi. Avant de partir, maman a mis un pain d'épices à cuire. Hmm, ça sent bon dans toute la maison !

Cette merveilleuse odeur de Noël nous inspire, ma cousine et moi : nous étalons mes feutres de toutes les couleurs sur la table du salon pour écrire chacun la liste des cadeaux de nos rêves. Celle de Flore est plus courte que la mienne, mais elle a noté en premier: *Un ordinateur portable pour pouvoir continuer à jouer avec Elliot et Paul quand je serai de retour en Afrique.* Wouah ! Elle est vraiment top, ma cousine !

Tout en bavardant gaiement, nous surveillons Diamant par la fenêtre. J'aimerais qu'il recommence à flotter un peu au-dessus du sol, pour que Flore me croie enfin. Hélas, il ne bouge pas de sa litière, à l'entrée de l'étable. Normal, il est en convalescence, sa patte n'est pas encore guérie. N'empêche qu'un mystère l'entoure et que je donnerais cher pour le percer !

— Regarde, Flore, ça y est, il va s'envoler !

— N'importe quoi, Elliot. Il change seulement de position.

Tout à coup, un cycliste débouche dans l'allée. Qu'est-ce qu'il vient faire ici ? Se balader à vélo par un temps pareil, on n'a jamais vu ça ! Au moins, il est bien couvert. Il porte des bottes fourrées, une épaisse veste en laine matelassée, des moufles assorties à son bonnet, et son visage est emmitouflé dans une longue écharpe tricotée. Il s'arrête devant la maison.

— C'est le facteur ? demande ma cousine.

Interloqué, je fais non de la tête, lorsque notre étrange visiteur se montre à la vitre, en dénouant son écharpe pour nous laisser voir son visage et son bon sourire.

Ça alors ! L'auto-stoppeur ! J'ouvre la fenêtre, il me tend aussitôt une mince boîte de carton en expliquant :

— Un petit cadeau de mon atelier pour tes parents. Un casse-noisette en bois que j'ai sculpté pour les remercier de m'avoir aidé, hier.

Il soulève le couvercle, et je reste bouche bée devant la délicate figurine d'un soldat à l'ancienne. Elle est incroyablement réussie ! On dirait presque qu'elle va parler...

— C'est magnifique, chuchote Flore.

— C'est mon métier, vous savez ! Je fabrique toutes sortes d'objets de décoration et de petits jouets depuis des dizaines d'années !

J'écarquille les yeux.

— Pourtant, jusqu'à hier, je n'avais jamais vu votre atelier, en ville...

— Et moi, je n'avais encore jamais remarqué votre élevage ! rétorque le visiteur. Ça doit être passionnant, de s'occuper de rennes. Vous me permettez d'aller les voir de plus près ?

Et nous voilà accompagnant l'artisan à notre enclos. Dès qu'il approche de la clôture, Diamant se lève et s'approche de lui, secoue la tête, s'ébroue...

— Quel accueil ! sourit le visiteur.

Flore me dévisage d'un air stupéfait. Pourquoi Diamant se montre-t-il si familier ? Je ne comprends pas, moi non plus : le renne se comporte comme s'il reconnaissait cet homme ! Mais celui-ci a beau être bizarre, s'il était son maître, il nous l'aurait dit, non ? Qui est vraiment cet homme ?

8
décembre

La créature

Depuis ce matin, il neige et il vente sans arrêt. Papa n'a même pas voulu que je sorte m'occuper des rennes. C'est lui qui s'en est chargé, et, je l'avoue, la corvée de lichen m'a manqué ! Flore n'a presque pas dit un mot de la journée. Elle redoute de plus en plus que ses parents ne puissent pas nous rejoindre. C'est vrai qu'avec une météo pareille, aucun avion ne pourra atterrir ! Et ce soir, la tempête semble loin de se calmer... D'habitude, ce genre d'intempéries ne se déclenche pas avant janvier. Pas de chance ! J'espère que ça ne gâchera pas Noël, nous avons tellement envie d'être tous ensemble !

Après le dîner, je fais signe de la main aux rennes, par la fenêtre du salon. J'espère qu'ils me voient, je ne voudrais pas qu'ils croient que je les ai abandonnés ! Flore me rejoint et me demande :

— Tu es vraiment sûr que les rennes n'ont pas froid, dehors, comme ça, avec tout ce vent ?

— Bien sûr que non ! je réponds. Les rennes se sentent parfaitement bien, sous la neige.

— Mais, tu entends le vent ? Il souffle si fort que ça siffle, dans les sapins. Et les branches plient jusqu'au sol...

Je secoue la tête.

— Il n’y a rien à craindre, Flore, je te le promets. Moi aussi, avant, j’angoissais. Et puis, papa et maman m’ont expliqué que ces animaux sont faits pour vivre sous les climats les plus rudes, et donc, je ne m’inquiète plus.

Réconfortée, ma cousine m’embrasse sur la joue.

— Merci, Elliot ! Et c’est vrai que l’étable est ouverte. Les rennes peuvent rentrer s’abrit…

Elle s’interrompt net. Une voix grave et grinçante nous parvient de l’extérieur, le même chant terrifiant qu’il y a quelques jours ! Flore colle le nez contre la vitre, plisse les yeux pour mieux voir dehors et…

— Quelque chose vient de se faufiler dans l’étable ! s’écrie-t-elle.

Je m’approche à mon tour, inquiet. Pourvu que ce ne soit pas un prédateur affamé attiré par le renne blessé ! Mais j’ai beau scruter la pénombre, je ne vois rien de particulier, lorsque...

— Là! Regarde!

Une étrange petite silhouette sombre se glisse à toute allure sous la clôture et fonce comme un boulet de canon en direction de la forêt. J'en reste la bouche ouverte de stupéfaction. Est-ce que c'est un... Non, impossible, ça n'existe pas!

— Flore... tu... tu as vu comme moi? je bredouille malgré tout.

— Je ne sais pas trop..., répond-elle, la voix tremblante, elle aussi.

— Ce n'était pas un animal, tu es d'accord?

Elle rougit de confusion.

— J'ai cru voir un... un lutin..., se lance-t-elle. Une sorte de petit homme avec un bonnet pointu, à la mine toute sombre et tordue, à l'air très méchant, et... et ça ne peut pas être réel, hein, Elliot?

— C'est comme l'autre jour, je murmure sans trop y croire moi-même, le rideau de flocons a dû déformer ce que tu as vu... Ça devait être un lièvre, tu ne crois pas ?

À ces mots, Flore se tourne vers moi, l'œil brillant de contrariété.

— Tu es sérieux, Elliot ? Pour toi, ce n'était qu'un animal ordinaire ? S'il te plaît, sois un peu honnête envers toi-même !

Son ton me donne la chair de poule. Je sens qu'elle a raison. Nous avons bel et bien vu un... un quoi ? Un gnome ? Un troll ?... Une créature, disons. À l'allure pas féerique du tout ; on est loin du mignon lutin de Noël, je vous le dis ! Quelque chose rôde dans la forêt...

9
décembre

Preuve par les pieds

Aux premières lueurs de l'aube, je me lève, fais une rapide toilette, m'habille, puis je cours réveiller Flore. Je suis tellement impatient !

— Je venais tout juste de m'endormir, soupire-t-elle dans un bâillement.

— Tu n'as pas hâte d'aller voir dehors ? je lui demande, surpris.

On voulait sortir dès hier soir, pour percer le mystère de l'étrange créature aperçue par la fenêtre, mais mes parents nous ont interdit de rendre visite aux rennes, à cause de la tempête.

Ma cousine bondit hors de son lit.

— Au contraire, Elliot ! J'y ai pensé toute la nuit, justement. Je te rejoins en bas, je me dépêche !

Pendant qu'elle se prépare, je descends à pas de loup dans la cuisine. Pas question de réveiller papa et maman, il faudrait leur expliquer qu'on veut sortir... Je décide qu'une bonne tasse de chocolat chaud nous donnera de l'énergie, avant d'aller à l'enclos. Car même si la tempête est enfin retombée, il fait un froid polaire, ce matin !

Après avoir avalé un petit déjeuner express, nous enfilons nos doudounes et, sans bruit, nous sortons de la maison.

— Oh ! c'est super beau ! s'extasie Flore.

La neige givrée, au sol et dans les arbres, étincelle sous les rayons mêlés de la lune argentée et de l'aurore qui peine encore à faire pâlir le ciel, enveloppant le paysage d'une clarté féerique.

Quelle douce sensation de paix ! Un calme merveilleux règne sur la forêt alentour. Dans l'enclos, les rennes mastiquent du fourrage en soufflant des naseaux. Soudain soucieux, je fronce les sourcils.

— Qu'est-ce qu'il y a ? s'étonne ma cousine.

— Le foin devrait être bien rangé dans l'étable, mais il est éparpillé partout, ce n'est pas normal.

Nous nous approchons. Oh là là, quel saccage ! Qui a bien pu faire ça ?! Meules de paille et bottes de foin sont éventrées, lichen, carottes, avoine et pommes jonchent le sol, pêle-mêle...

— Il va falloir tout nettoyer et tout remettre en ordre, je gémis. Il y en a pour des heures !

— Dommage, on ne pourra pas accompagner ta mère pour les achats de Noël en ville, cet après-midi, regrette Flore.

Je proteste :

— Si, vas-y, toi ! C'est moi, le responsable de la nourriture des rennes. C'est à moi de rester...

Je me trouve parfait, en héros au grand cœur ! Je bombe fièrement le torse. J'entends d'ici ses copines l'envier d'avoir un garçon tel que moi pour cousin...

— Je reste aussi, déclare-t-elle alors d'un ton bien déterminé. Pas question de t'abandonner, on fait équipe. D'ailleurs, je préfère enquêter avec toi au sujet du... de... de ce qu'on a vu courir hier soir.

Bon, d'accord, elle hésite. Elle ne veut pas admettre que nous avons vu un gnome piquer un sprint... N'empêche qu'on l'a vu, et qu'il faut tirer ça au clair.

Sortie de l'étable, elle s'agenouille dans la neige.

— Regarde ces drôles de traces qui vont vers la forêt...

Curieux, j'examine la piste avec soin et déclare sans hésiter :

— Il ne s'agit pas d'un animal !

— C'est exact, acquiesce Flore. Ce sont des empreintes de chaussures. Mais il y a quelque chose qui cloche...

Oui, c'est le moins qu'on puisse dire ! Je n'ai jamais vu personne porter des chaussures aussi longues, étroites et pointues ! Oh, que je n'aime pas cette preuve par les pieds ! Lorsque je me redresse en balayant du regard les alentours si paisibles, il me semble percevoir la présence de petits êtres menaçants tapis derrière la moindre bosse de neige, et un frisson me secoue tout entier...

10
décembre

Un porte-malheur

Hier, avec Flore, nous avons travaillé dans l'étable toute la journée. Nous aurions préféré décorer la maison, pour Noël. Mais au moins, nous avons pu ranger les provisions des rennes, et la créature n'est pas reparue.

Je ne sais pas comment en parler à papa. Toute cette histoire est beaucoup trop extraordinaire, et je ne voudrais pas qu'il m'interdise d'enquêter ! Mieux vaut me taire pour l'instant. Flore est d'accord. Alors, ce matin, nous tenons prudemment notre langue. Ça me plaît bien de partager un secret avec ma cousine. Ensemble, nous finirons bien par comprendre qui laisse ces étranges empreintes, et d'où vient exactement Diamant.

— Il faut qu'on retrouve son propriétaire, soupire ma cousine en m'aidant à distribuer leur petit déjeuner aux rennes.

— Maman m'a dit que personne n'avait répondu à l'annonce du vétérinaire.

Flore hausse les épaules.

— Tant pis, on trouvera autrement, lance-t-elle, confiante.

J'envie sa belle assurance. Tout à coup, je remarque de nouvelles empreintes, dans la neige !

— Regarde, Flore, la créature aux chaussures bizarres est revenue ! je m'exclame.

— Génial ! se réjouit ma cousine. On va pouvoir suivre ses traces !

Ni une ni deux, nous nous élançons sur la piste qui traverse l'enclos, contourne un poteau de la clôture et s'éloigne dans la forêt. Flore est prête à s'y enfoncer sans réfléchir, mais je la retiens par la manche.

— Il ne faut pas dépasser la lisière, c'est trop dangereux d'aller seul dans les bois, papa et maman me l'interdisent !

Ma cousine fait la moue : quelle déception !

— Comment rattraper la créature, alors ?

— Peut-être qu'en fouillant bien les environs, on trouvera d'autres indices ? je propose.

Bon gré, mal gré, Flore renonce donc à notre expédition en forêt. Et pendant que j'inspecte avec prudence les fourrés, elle examine le sol de son côté. Nous cherchons en silence, jusqu'à ce que...

— Oh ! viens voir, Elliot !

Vite, je la rejoins. Elle a ramassé dans la poudreuse une bille de métal noire, gravée de signes tarabiscotés.

— Qui a pu perdre ça? murmure-t-elle.

Intriguée, elle secoue la petite sphère. On fait un bond: un grelot! Et nous grimaçons aussitôt. Quelle horreur! Il émet un son glauque et sinistre. Une plainte déprimante. J'en ai les poils qui se hérissent sous les manches de mon pull et de ma doudoune!

— Pitié! Arrête ça! je m'écrie en me bouchant les oreilles.

Flore referme sa main sur la clochette, et le bruit infâme cesse immédiatement. Je pousse un soupir de soulagement.

— En tout cas, ce n'est pas un grelot du traîneau du Papa Noël, ironise ma cousine, tout en enveloppant sa trouvaille dans un mouchoir pour la fourrer dans la poche de son pantalon.

Ça ne rend pas joyeux, ce machin... Tu crois qu'il appartient à la créature ?

Je hausse les sourcils. Je n'en ai pas la moindre idée ! Ou plutôt je préfère ne pas en avoir... Moi, à sa place, je ne le garderais pas, cet horrible bidule.

Et voilà ! Qu'est-ce que je disais ! À table, ce soir, pile au moment où papa et maman annoncent que, demain, nous irons tous à l'atelier de l'artisan, le grelot se met à tintinnabuler tout seul dans la poche de ma cousine ! Comme s'il était furieux ! C'est glaçant. Flore a beau faire le clown pour donner le change à mes parents, moi, je me sens devenir tout blanc : un objet hanté !

Il ne nous manquait plus que ça...

11
décembre

Petit, mais puissant !

Maman se gare au bord du trottoir, juste en face de l'atelier. J'ignore pourquoi exactement, mais je suis plutôt content de revoir l'artisan. Flore aussi. Elle bondit de la voiture en riant et se dépêche d'aller vers la boutique avec papa qui ouvre la marche. Il pousse la porte et un carillon de jardin retentit. Derrière son comptoir, l'homme nous accueille joyeusement.

— Oh ! Oh ! Oh ! Quel bonheur de vous voir ici, mes amis !

Waouh ! Son atelier est génial ! Des objets en bois sculptés envahissent les étagères qui couvrent les murs, quelques coucous (très réussis) sont suspendus derrière le comptoir, ainsi que des outils que l'on devine très anciens et très précieux !

— Nous tenions à passer vous remercier, pour le casse-noisette, dit papa. Il ne fallait pas, nous ne...

L'artisan l'interrompt d'un geste de la main.

— N'en parlons plus, je vous prie ! Sinon, nous ne finirons jamais de nous remercier.

— Très bien, glousse maman. Mais je vous félicite, votre travail est absolument merveilleux !

Flatté, il invite mes parents à aller visiter la remise au fond de son atelier. Puis, dès qu'ils se sont éloignés, il me tend un renne en bois articulé en m'adressant un clin d'œil.

— C'est pour toi, Elliot. Il ressemble à Diamant, n'est-ce pas ? J'espère que tu en feras bon usage…

À ces mots, le grelot noir se met à sonner de toutes ses forces dans la poche de Flore. L'homme sursaute. Je me tourne vers ma cousine d'un air étonné.

— J'ai oublié de le retirer de ma poche, dit-elle. Mais je vais l'arrêter, ne t'inquiète pas.

Elle le serre dans sa main, comme la veille. Sauf que, cette fois, le grelot s'emballe. Il sonne de plus en plus fort, de plus en plus vite, et de plus en plus tristement… Et… badaboum ! Toutes les étagères de l'atelier s'écroulent d'un seul coup !

— Nom d'une pipe ! s'écrie l'artisan. Mes commandes de Noël ! Tout va être fichu !

— Je... Désolée... Je n'arrive pas à arrêter ce bruit, s'excuse Flore.

Papa et maman reviennent de la réserve en courant. Ils entendent le grelot, bien sûr, mais n'imaginent pas une seconde qu'il puisse être la cause de la catastrophe ! Pour Flore et moi, par contre, ça ne fait aucun doute...

— Oh là là ! Nous pouvons vous aider, monsieur ? propose maman.

— Non, merci, madame, ces objets sont délicats à manier, je préfère m'en occuper seul.

— Eh bien, bon courage, alors ! déclare papa. Sortons, les enfants, notre nouvel ami a fort à faire, ne l'encombrons pas.

Nous emboîtons le pas à mes parents qui traversent déjà la chaussée, quand l'artisan nous retient :

— Un instant, les enfants !

Nous nous immobilisons au milieu de l'atelier saccagé. On croirait qu'une tornade est passée !

— C’est ce que je craignais, Gobetout est de retour, souffle-t-il. Soyez extrêmement prudents !

— Go... Gobetout ? répétons-nous en chœur, surpris.

Son visage prend une expression effrayée.

— Chut ! Ne prononcez jamais son nom ! N’en parlez plus, ne pensez même plus à lui, et débarrassez-vous au plus tôt du grelot !

Il nous pousse alors hors de sa boutique. Sur le trottoir, Flore et moi nous dévisageons, interloqués. Comment a-t-il su, pour ce grelot de malheur ? Et pourquoi ce seul nom de Gob... truc, qu’on dirait sorti d’un conte pour enfants, le met-il dans tous ses états ? Si ce grand gaillard d’adulte a peur... que nous réserve la suite ?!

12
décembre

On passe à l'action

Je suis de plus en plus inquiet : il se passe des choses vraiment étranges, depuis l'arrivée de Diamant à l'enclos. Ça m'énerve, ça me gâche les préparatifs de Noël, ma fête préférée ! Flore a suggéré qu'on en parle à Paul, puisque c'est mon meilleur ami. Mais je préfère ne rien dire pour l'instant, on n'en sait pas encore assez.

En plus, Paul est très bavard et super gaffeur, il dévoilerait notre secret en moins de deux. Et cette histoire de grelot ensorcelé... Franchement, ça fait peur !

— Flore, tu t'es débarrassée du grelot ? je demande discrètement.

Ma cousine secoue la tête, puis me propose très vite de sortir nous promener.

— N'allez pas trop loin, les enfants, nous recommande maman. On ne sait jamais, avec cette météo capricieuse.

Nous lui promettons de ne pas dépasser le bout du sentier qui mène à la route. Une fois dehors, nous nous sentons enfin libres de parler à voix haute. Comme papa bricole à l'intérieur de l'étable, nous restons devant la clôture des rennes, où Furieux vient nous réclamer quelques caresses.

— Le grelot est toujours dans ma poche, m'avoue soudain Flore.

Je fronce les sourcils même si, au fond, je comprends qu'elle l'ait gardé. Avoir en sa possession un objet aussi extraordinaire...

— Tu penses qu'il est... magique? je lui demande encore.

Elle me regarde en écarquillant les yeux comme des soucoupes. D'accord, elle me trouve stupide. Idiot. Ridicule. Mais il fallait bien qu'on aborde le sujet!

J'insiste:

— Moi, je pense que ce truc n'est pas normal. On doit tirer cette histoire au clair.

— Évidemment! s'exclame Flore. À ton avis, Elliot, pourquoi je ne l'ai pas jeté, ce grelot?!

Je rougis. Elle a raison, je ne pose pas la bonne question.

— Bon, qu'est-ce qu'on fait, alors? je bredouille, angoissé à l'idée de sa réponse.

Perdue dans ses pensées, ma cousine hausse les épaules.

— On réfléchit, dit-elle d'un ton autoritaire. Moi aussi, j'ai très peur. Vu ce que cet objet semble capable de faire, il faut qu'on soit prudents.

— Tu as raison. Je suis sûr que le grelot et la créature bizarre ont un lien…

— Et un lien avec Diamant, aussi ! précise ma cousine.

Là, j'hésite.

— Ce n'est qu'une supposition, Flore ! Rien ne le prouve.

— Tu rigoles ! proteste-t-elle. Tout a commencé quand ton père a recueilli Diamant. Et rappelle-toi que ce renne n'est pas comme les autres.

Impossible de le nier, en effet. C'est donc sans doute autour de Diamant que la créature aux pieds pointus est venue rôder. Sans compter que nous avons vu le pelage du renne scintiller, et que moi, je l'ai même vu s'envoler ! Et il semblait connaître l'artisan... qui, lui, était au courant, hier, pour le grelot...

— On doit continuer d'enquêter, je décide soudain, même si ça nous empêche de préparer tranquillement Noël !

Flore tire son mouchoir de sa poche et déballe le grelot. Un frisson me parcourt le dos. Je devine le plan de ma cousine...

— Le moment est venu d'en avoir le cœur net, Elliot ! murmure-t-elle solennellement, tout en brandissant l'objet ensorcelé à bout de bras.

Puis elle prononce d'une traite :

— Gobetout !

Sa voix claire résonne dans le paysage enneigé. Et, tout à coup...

13
décembre

Maudit aimant !

Je n'ai pas beaucoup dormi, cette nuit. Je pensais trop au grelot ! Quand Flore a appelé Gobetout, Diamant s'est brusquement agité dans l'enclos. Il a remué la tête, grogné... Il était mécontent, c'est sûr !

Mais il ne s'est rien passé de plus.

— Alors, Elliot, qu'est-ce qu'on fait ? me demande Flore en beurrant ses tartines.

Elle aussi a les yeux cernés. Elle continue :

— Je n'arrête pas d'y réfléchir, et je n'arrive pas à me décider. Un objet magique, c'est quand même incroyable, non ?

Je hoche la tête.

— Bien sûr. Mais ça ne l'empêche pas d'être dangereux...

— Peut-être qu'il faut simplement apprendre à l'utiliser ?

— Écoute, Flore, tu es vraiment prête à prendre le risque ? je proteste. Et puis, si ça se trouve, l'artisan nous a dit n'importe quoi, à propos de ce Gobetruc. Le grelot n'a peut-être rien de magique, en fait !

— Sauf qu'il sonne tout seul en faisant un bruit horrible, fait s'écrouler des étagères, met Diamant en colère, et que l'artisan nous l'a décrit sans l'avoir vu...

Beau résumé. Je n'ai pas d'arguments à lui opposer.

— Alors, à mon avis, ce qu'on a de mieux à faire, je conclus, c'est de nous en débarrasser.

Flore tient sa paume bien fermée. Quel dilemme ! Finalement, elle accepte :

— D'accord. On s'en débarrasse. Mais avant, on vérifie une dernière fois ses pouvoirs. Tope là, Elliot !

Je lui tape tout de suite dans la main au-dessus de nos bols, pressé d'en finir avec cet objet que je déteste. Après nous être chaudement habillés, nous courons à l'enclos des rennes. Une nouvelle série de traces de pas bizarres est bien visible dans la neige fraîche. Sans attendre, Flore lève le grelot bien haut au-dessus de sa tête et crie :

— Gobetout !

Ça ne rate pas : cette fois, tous les rennes se mettent à piaffer d'épouvante. Nous nous mettons à trembler de la tête aux pieds. Quant à Diamant, toujours couché sur la paille, il s'agite et frappe du sabot contre la paroi de l'étable. Le vent se lève tout à coup en rafales glacées, et... un ricanement de film d'horreur résonne à l'orée de la forêt !

Je sens mes cheveux qui se dressent sur ma tête, pour de vrai !

— Viiite, Flore, jette le grelot !

Elle prend son élan et le lance le plus loin possible. Mais il revient comme un boomerang ! Elle recommence, encore, et encore. Et le grelot revient, encore, et encore. Chaque fois. Toujours. Quel que soit le sens du vent !

— Elliot, au secours ! Je ne veux plus de cette horreur ! panique ma cousine.

— Essaie dans l'eau ! je suggère.

Pleine d'espoir, elle plonge le grelot dans l'abreuvoir. Aussitôt, l'eau gèle et... zoum ! La bille de métal s'auto-éjecte à l'air libre en craquant la couche de givre. De plus en plus affolée, Flore tente alors de l'écraser à coups de talon ! En vain. Il s'enfonce dans la neige boueuse et en ressort aussi vite !

J'ai soudain une idée :

— Allons le déposer à la lisière des bois, là où on a découvert Diamant ! Celui à qui il appartient viendra le récupérer !

— Tu veux dire la créature ? interroge Flore.

— Je ne sais pas ! N'importe qui, je m'en fiche ! je rétorque, paniqué.

À cet instant, ma cousine me fixe d'un regard déterminé.

— Go-be-tout ? articule-t-elle lentement.

La gorge serrée par l'angoisse, je déglutis avec peine et murmure :

— À moins que Gob... et la créature ne soient... qu'une seule et même personne...

Mais évidemment !

Comme des boulets de canon, nous fonçons jusqu'au buisson, coinçons le grelot sous une grosse pierre... et repartons à toutes jambes nous enfermer à la maison !

14
décembre

Catastrophes en chaîne

Le grelot maléfique n'est pas revenu dans la poche de Flore, pendant la nuit. Nous avons réussi à nous en débarrasser ! D'accord, nous ne comprendrons jamais ce qui s'est passé, mais tant pis. L'essentiel, c'est qu'on soit enfin tranquilles !

Notre petit déjeuner est donc plutôt joyeux, ce matin. En plus, il reste du pain d'épices, c'est un délice ! Nous nous amusons à souffler le sucre glace sur la croûte dorée...

— Diamant aussi doit être rassuré, dit Flore lorsque nous quittons la cuisine.

Pressés de nous rendre à l'enclos, nous enfilons nos doudounes malgré l'heure encore matinale. Dès le perron, une lueur étrange, à la porte de l'étable, attire notre attention. Surpris, nous scrutons l'enclos de loin. Diamant éternue et, sous nos yeux ébahis, un nuage d'étincelles multicolores s'échappe de ses naseaux ! Flore me dévisage en souriant. Nous avions oublié un peu vite que Diamant aussi était magique !

— Approchons-nous, murmure-t-elle.

Nous fonçons à la clôture et nous assurons que tous les autres rennes vont bien.

— J'espère que Diamant n'a pas attrapé un rhume, souffle Flore.

— Non, regarde, c'est le foin qui le fait éternuer !

Effectivement, le gourmand enfouit son museau dans le bon foin bien chaud et parfumé et... atchoum ! Une pluie de poussière d'étoiles colorée nous enveloppe. Nous éclatons de rire.

— Au moins, ça, ça ne fait pas peur ! je m'esclaffe, soulagé.

— C'est même féerique ! renchérit Flore d'un ton émerveillé.

Hélas, les étincelles s'assombrissent brusquement, et c'est maintenant une pluie de suie grise qui nous tombe sur les épaules.

— Beurk ! je bougonne. C'est dégoûtant !

— Que se passe-t-il ? s'étonne ma cousine.

À ces mots, un tintement métallique menaçant, devenu bien trop familier, s'élève dans les airs... et nous découvrons le grelot sur le sol de l'étable !

— Oh, non, il est revenu chez les rennes ! je m'écrie, catastrophé.

Flore ramasse l'objet maléfique et m'entraîne vers la maison en bredouillant :

— Ce n'est pas possible, il faut en finir ! On doit trouver une solution !

— Tu as raison, je me dépêche d'approuver. On pourrait commencer par faire des recherches sur Internet à propos de Gobet...

— Chut ! Ne prononce pas son nom près du grelot !

Trop tard ! Le désastre a déjà commencé. À peine ôtons-nous nos manteaux dans l'entrée que les problèmes s'enchaînent.

— Oh, non ! se désole maman à l'étage. Il y a une fuite dans la salle de bains, la chambre de Flore est inondée !

— Oh, non ! déplore papa, au salon. La cheminée est bouchée, on ne pourra pas faire griller les châtaignes, ce soir !

— Oh, non ! ajoute maman en dévalant l'escalier. Nos belles guirlandes électriques ne s'allument plus !

— Oh, non ! enchaîne papa à la cuisine. Le congélateur est en panne, toutes nos réserves vont être fichues !

Et pour couronner le tout, une tempête de neige rugit subitement à l'extérieur... Quelle malchance ! Désespérée, Flore se laisse glisser par terre, dans l'angle de la porte. Elle enfouit son visage entre ses mains et fond en larmes.

— C'est injuste ! articule-t-elle en hoquetant de tristesse. J'en rêvais, de ces vacances ici... Et au lieu d'être un Noël super, tout va de travers !

Sa réaction me laisse sans voix. Je ne finis même pas de me déshabiller, je suis pétrifié de tristesse pour elle. Et puis, moi aussi, j'en ai gros sur le cœur. Flore a raison : la fête risque d'être gâchée... Comment consoler ma cousine ? Comment font les héros pour toujours trouver les mots qu'il faut ?

15
décembre

Pop-corn et légende

Notre moral va un peu mieux, car aujourd'hui, nous décorons le sapin de Noël ! Papa a profité d'une accalmie pour aller le chercher dans la forêt. Il a pris soin de le prélever avec ses racines, pour pouvoir le replanter après les fêtes. En attendant, nous l'installons dans un grand bac en bois, près de la fenêtre. Comme ça, il reste dans la terre et il n'aura pas trop chaud. Flore trouve cette idée super. Et même s'il n'est pas très grand, ce sapin est magnifique, vigoureux et d'un beau vert tendre.

Une fois que l'arbre de la fête trône bien droit dans le salon, maman demande à papa de venir l'aider au grenier. C'est là que sont rangés les boules et les guirlandes des années précédentes. Flore et moi, nous sommes enchantés de nous occuper de la décoration. Je crois même que c'est ce que je préfère, garnir le sapin ! Après la journée catastrophique d'hier, ça nous remet dans la bonne ambiance !

— Dommage qu'on n'ait plus de guirlandes électriques, je soupire.

Flore éclate de rire.

— J'ai un plan ! Vous avez des grains de maïs à griller, dans la cuisine. Eh bien, on va en faire du pop-corn ! On l'enfilera sur de longues cordelettes, on le peindra, et on aura de super guirlandes multicolores !

— Wouah ! J'adore ton idée ! En plus, on va bien s'amuser !

Une fois le pop-corn grillé, Flore et moi nous installons sur la table du salon, pour fabriquer nos guirlandes. Nous travaillons bien et, en peu de temps, nous obtenons de belles ribambelles ; une rouge, une verte, une argentée...

En guise de déjeuner, maman nous apporte des galettes aux légumes et au fromage fondu, des rondelles de saucisson et deux grosses pommes rouges. Nous faisons un pique-nique au pied du sapin !

— Et si on fabriquait une dernière guirlande, sans la peindre, pour l'enclos des rennes ? je suggère.

Ma cousine applaudit.

— Oui, génial ! Comme ça, ils pourront la manger !

Flore a laissé le grelot dans sa chambre. Nous prenons bien garde à ne pas prononcer le nom de G*******, pour éviter que les catastrophes ne recommencent. Mais nous y pensons beaucoup, chacun de son côté. Et moi, j'ai toujours l'intention de me renseigner à son sujet. Alors, pendant que Flore termine la guirlande pour l'étable, j'allume l'ordinateur et tape ma question dans le moteur de recherche sur Internet.

— Qu'est-ce que tu fais ? m'interroge ma cousine.

Je choisis prudemment mes mots.

— Je recherche des infos sur… qui-tu-sais. On ne peut quand même pas faire comme si toute cette histoire n'existait pas.

— Je n'arrive toujours pas à y croire, bredouille Flore. On nage en plein conte de fées, ou de sorcières, plutôt ! Sauf que c'est la vérité vraie.

Hélas, je ne trouve qu'un dessin, sur le Net, dans l'*Encyclopédie des légendes de Noël*. Le portrait d'un gnome horrible et grimaçant, référencé sous le nom du «*Gobelin menaçant Gobetout*». Sans prononcer la moindre parole, je montre l'écran à Flore qui répète d'une voix blanche :

— C'est ce que je disais, Elliot, on nage en plein conte.

— Je n'y comprends rien, je murmure.

Nous restons quelques instants silencieux. Puis, une fois les guirlandes sèches, nous les suspendons aux branches, ainsi que quelques boules scintillantes et de jolies figurines en bois peint. Je fouille au fond du carton en quête de l'étoile à placer au sommet, mais... Oh, non ! Son accroche est brisée, on ne peut plus l'utiliser ! Décidément...

— Et si on allait demander des explications directement à l'artisan ? je propose.

— Oui, pourquoi pas ? souffle ma cousine. À condition qu'il n'invente pas n'importe quoi. Je ne suis pas sûre qu'on puisse lui faire confiance...

16
décembre

Des larmes aux rires

Il neige terriblement fort depuis deux jours, impossible d'aller en ville. Cet après-midi, nous devons encore rester à la maison.

Hier, avec Flore, nous avons décoré le sapin, et nous avons confectionné de petits sablés à l'anis en forme de rennes et de bonshommes de neige, alors nous ne nous sommes pas trop ennuyés. Mais aujourd'hui, nous ne savons pas vraiment comment nous distraire...

— Dis, maman, on peut aller cueillir du houx, pour décorer la maison ?

— Non, Elliot, nous irons quand le vent sera calmé.

— Dis, papa, on peut aller à l'enclos voir Furieux et Diamant ?

— Non, Elliot, nous nous sommes déjà occupés d'eux tout à l'heure.

— Dis, maman, on peut sortir ramasser des pommes de pin ?

— Non, Elliot, pas question par un temps pareil.

Je pousse un soupir déchirant. Mais j'ai beau m'appliquer, ça ne suffit pas à amadouer papa et maman. Même la présence de ma cousine ne réussit pas à les convaincre de nous autoriser à jouer dehors.

Flore gémit.

— L'avion de mes parents va être annulé, j'en suis sûre.

Ses yeux s'emplissent de larmes. Maman tente de la réconforter.

— L'atterrissage est prévu pour demain soir, d'ici là, la météo s'améliorera !

— Je n'y peux rien, aujourd'hui, je vois tout en noir, c'est plus fort que moi, bredouille ma cousine.

Sur ce, papa arrive en annonçant qu'il a appelé l'aéroport et qu'aucun vol du lendemain n'a encore été annulé.

— En plus, il commence à faire moins froid, ajoute-t-il, ravi d'annoncer de bonnes nouvelles. Je suis sûr que tout ira bien demain !

— Tu vois, Flore, tout va s'arranger ! se réjouit maman.

Ma cousine hoche la tête d'une mine penaude. Je devine qu'elle se sent un peu honteuse d'avoir montré son angoisse. Mais, en dehors de ça, j'ai bien remarqué qu'elle est moins joyeuse depuis qu'on a à nouveau ramassé le grelot dans l'étable... Je lui en parle dès que nous sommes seuls.

— Tu n'as pas le moral, Flore ?

— J'ai l'impression d'avoir perdu ma gaieté. Depuis le début de la tempête, j'ai sans arrêt envie de pleurer, c'est affreux !

À ces mots, elle éclate en sanglots. Heureusement, je crois avoir trouvé comment la consoler ! Je fonce chercher le renne en bois sculpté de l'artisan et je le lui offre sans hésiter.

— Tiens, je sens que tu as besoin de ça !

L'air tout étonné, elle prend la statuette articulée. J'ajoute aussitôt :

— Tu te rappelles ? L'artisan m'a recommandé d'en faire bon usage. Ne me demande pas pourquoi ni comment, mais je pense qu'il devrait te redonner le sourire.

Ma cousine accepte mon cadeau et, en effet, elle retrouve immédiatement sa bonne humeur !

— C’est étrange, explique-t-elle. L’espoir revient ! Je me sens légère ! Et joyeuse ! Je meurs d’envie de danser ! Vive Noël !

Ça paraît fou, je m’en rends compte. N’empêche, pile au même moment, la tempête de neige s’arrête !

Ça alors, le fabricant d’objets en bois aurait-il des pouvoirs magiques, lui aussi ? Reste à savoir si sa magie du bonheur peut combattre celle du grelot de la tristesse…

17
décembre

Le livre oublié

Le beau temps est de retour, youpi ! Flore et moi, nous sommes bien décidés à en profiter au maximum. Nous tentons d'oublier le mystère Gobetout, mais nous repérons une fois de plus ses empreintes de pas, autour de l'enclos…

— Qui-tu-sais est revenu rôder dans le coin, il doit chercher son grelot malfaisant, je dis à ma cousine.

Elle hausse les épaules.

— Oui, eh bien, je m'en fiche complètement ! Aujourd'hui, mes parents arrivent, je suis trop contente !

— Et s'il se passe encore une catastrophe ? je m'inquiète.

Flore sourit. Elle a totalement changé d'humeur, depuis hier.

— Il ne se passera rien, affirme-t-elle. Le grelot est enfermé à clef dans le tiroir de ma commode, et j'ai posé dessus le renne sculpté, pour qu'il nous protège de cette magie du malheur. Et à partir de maintenant, je n'accorde plus la moindre pensée à qui-tu-sais !

Sur ce, elle fonce comme une fusée nourrir les rennes avec papa et maman. Je les rejoins, ravi de pouvoir enfin m'occuper de Furieux.

Quant à Diamant, le vétérinaire a dit à papa de lui ôter son attelle. Mais le renne devra encore se reposer quelque temps.

La journée s'écoule tranquillement et, en début de soirée, nous allons à l'aéroport chercher les parents de Flore. Mon oncle et ma tante, quoi ! Ma tante, la mère de Flore, est la sœur de maman. Après tant d'années si loin l'une de l'autre, leurs retrouvailles sont merveilleusement joyeuses ! On dirait qu'elles retrouvent leur jeunesse, elles n'arrêtent pas de plaisanter et de rire comme des gamines !

— Tu vois, Elliot ? me chuchote Flore au moment où nous remontons dans le 4×4. Le bonheur est de retour !

Les parents de Flore ont loué une voiture pour pouvoir visiter la région plus tard, mais ma cousine reste avec moi. Nous roulons depuis une dizaine de minutes en bavardant gaiement, lorsque papa freine et s'arrête sur le bord de la route. Il invite un auto-stoppeur à monter à bord, et j'écarquille les yeux lorsque celui-ci ouvre la portière et que son visage se précise à la lueur de la veilleuse.

— Oh ! Oh ! Oh ! s'exclame l'homme. Coucou, les enfants ! Et bonsoir à vous, madame et monsieur.

— Vous semblez bien gai, remarque maman. Vous avez eu de bonnes nouvelles de votre animal de compagnie ?

— En effet, madame, répond l'artisan. J'ai appris tout à l'heure qu'il était presque guéri et que nous allions enfin nous retrouver !

Il nous regarde avec insistance, Flore et moi, comme s'il voulait nous faire comprendre quelque chose...

— Le seul problème, c'est qu'on n'a pas encore arrêté son voleur, poursuit-il. Et tant que ce bandit rôdera dans les parages, mon animal ne sera pas réellement en sécurité...

En chuchotant, il ajoute :

— N'est-ce pas, Elliot ?

Je sursaute, incapable de répondre quoi que ce soit. Cet homme a un ton qui m'impressionne. Le ton de celui qui connaît tous les secrets de la magie et des enchantements ! Il remarque ma stupéfaction et se met alors à pouffer d'un air satisfait.

— À propos, les enfants, lance-t-il avec jovialité, n'allez pas croire que vous avez perdu votre joli livre. Vous l'avez oublié à l'atelier, l'autre jour ; je vous le rapporterai demain !

Je fixe Flore d'un regard étonné. Un livre ? Quel livre ?! Voilà encore un mystère. Il a dit « demain », nous aurons donc peut-être l'occasion de lui poser nos questions. Mais... ai-je vraiment envie d'entendre ses réponses ?

18
décembre

À « G » comme qui-tu-sais

Ce matin, je présente fièrement les rennes aux parents de Flore. Ma cousine me demande la permission de donner une poignée de lichen à Furieux, pour leur montrer qu'elle a appris à s'occuper de lui. Bien sûr, je suis d'accord.

Quant à Furieux, il s'en donne à cœur joie, le goinfre !

— Quand Elliot viendra nous rendre visite à la réserve, on lui apprendra à nourrir les éléphants ! déclare soudain Flore en gloussant.

Je n'en reviens pas. Moi, voyager jusqu'en Afrique ? Faire un safari ? Waouh ! Ce serait extraordinaire !

— Vous allez nous inviter chez vous ?!

— Oui, Elliot, cela me semble un juste retour des choses, répond ma tante, amusée de ma réaction.

— Ben ça, pour une nouvelle... Waouh de waouh ! C'est carrément géantissime !

— Attends de voir des lions en vrai, tu feras moins le malin, souffle Flore, l'œil brillant d'espièglerie.

Là-dessus, l'artisan arrive à vélo. Il s'arrête devant l'enclos, caresse le museau de Diamant qui grogne de joie, et me tend un énorme livre à la couverture dorée, avant de faire demi-tour et de s'éloigner sans un mot.

— Quel homme bizarre ! remarque la mère de Flore. Mais il a l'air très gentil. Je trouve qu'il ressemble un peu au Père Noël.

Maintenant qu'elle le dit, c'est vrai qu'il lui ressemble ! D'ailleurs, il vient de m'offrir un cadeau... Je lis le titre, sur la couverture : *Dictionnaire des Créatures fabuleuses*. Intrigué, je m'éloigne de quelques pas pour le feuilleter. Flore me rejoint et chuchote avec empressement :

— Vite, regarde à « G », comme qui-tu-sais.

Une page complète est consacrée à l'entrée «*gobelin*». Flore et moi écarquillons les yeux, abasourdis, en découvrant un article sur... Gobetout !

Gobetout, le voleur de bonheur.

Cet ancien Lutin de Noël est devenu un Gobelin menaçant le jour où, rongé par l'envie et la jalousie, il a quitté son monde de fête, de rires et de lumière, pour s'isoler dans une grotte humide cachée au fin fond des bois. Il déteste la gentillesse, la douceur et la joie. Alors, gare à celui ou à celle qui croisera son chemin en période des Fêtes de fin d'année : Gobetout déploiera des trésors de malice pour lui dérober sa gaieté. Car, en plus d'être rusé, ce méchant gnome bourré de mauvaises intentions est un puissant mage qui utilise les pouvoirs d'un Grelot enchanté contre ses adversaires... Un grelot qui ne quitte plus sa victime tant que sa mission de gâcheur de bonheur n'est pas terminée !

Flore fronce les sourcils.

— Mais, c'est impossible, Elliot, murmure-t-elle en refermant le livre. Une histoire de gobelins et de lutins, ça ne peut pas exister dans la réalité.

— Sauf que ça nous arrive vraiment ! je m'exclame, agacé. Tu vas mettre combien de temps à le reconnaître ?

Je ne sais plus ce qu'il faut croire, mais il faut faire quelque chose pour en finir avec cette situation. Et vite, avant qu'il ne soit trop tard, et que Noël soit gâché !

19
décembre

Le grand défi

Ce matin, le vétérinaire doit venir très tôt ausculter Diamant, et papa préfère remettre lui-même de l'ordre dans l'enclos après son passage. Je n'aurai donc pas à m'occuper des rennes. En fait, ça tombe bien, parce que Flore vient de débarquer dans ma chambre comme un boulet de canon. Elle est complètement paniquée !

— Oh, Elliot, c'est horrible ! Je n'ai pas fermé l'œil de la nuit !

— Ça arrive, ce n'est pas si grave, je réponds.

Elle m'interrompt, énervée.

— Ne te moque pas de moi ! Je garde le grelot à l'abri, mais qui-tu-sais est entré dans ma chambre par la fenêtre pour essayer de le récupérer !

Je sens mon cœur faire un bond dans ma poitrine. Horrifié, j'ouvre la bouche sans pouvoir prononcer la moindre parole. Et ma cousine se dépêche de préciser :

— Je l'ai entendu fouiller. Il grommelait et pestait tout bas, ça faisait comme une affreuse comptine, avec sa voix grinçante : « Grelot enchanté, je veux te récupérer, tant pis si ta mission n'est pas terminée. J'ai besoin de toi pour continuer. Grelot enchanté, ta magie est mienne, ne te laisse pas emprisonner ! »

— Mais c'est horrible ! Tu devais être morte de peur ! Qu'est-ce que tu as fait ?

— Grâce au renne en bois, il n'a pas pu ouvrir le tiroir de la commode. Mais en repartant par la fenêtre, il a ricané méchamment et il a dit : « Maintenant, je sais où il est. La nuit prochaine, je t'endors pour cent ans, je détruis ce stupide renne sculpté et je te le reprends, sale petite voleuse ! »

Alors là ! Plus question d'attendre ou d'hésiter. Il faut agir, tenter le tout pour le tout !

— On va chasser qui-tu-sais ! je lance soudain. J'ai une idée. Cours chercher le grelot et rejoins-moi dehors.

Je préviens ensuite maman que nous sortons ramasser du lichen pendant qu'il fait encore assez beau, et nous fonçons vers l'enclos. Papa discute avec le vétérinaire : Diamant est guéri, et papa le remettra en liberté le lendemain de Noël.

La bonne nouvelle remonte un peu le moral de Flore. Mais elle a surtout hâte de se débarrasser du grelot ! Arrivés à la lisière des bois, nous remarquons les fameuses empreintes dans la neige. Aussitôt, nous suivons la piste. Les traces s'arrêtent brusquement au pied d'un sapin. Flore me confie alors le grelot et j'improvise d'une voix de stentor :

— Par la magie du bonheur, je défie le voleur et prononce son nom sans peur : Gobetout, Gobetout le Gobelin sans cœur !

Sur ce, j'accroche le grelot à une branche.

— Reprends ton maudit grelot et va-t'en, car ici l'amour et la joie sont triomphants !

Je trace ensuite un immense cœur dans la neige à l'aide d'un bâton, puis j'entraîne Flore au milieu. Nous nous tenons par la main, nous frappons du talon par terre et je m'écrie encore :

— Rien ni personne n’anéantira notre bonheur ! Nous n’avons pas peur ! Retourne dans ta grotte, Gobetout, et reste loin de nous !

Le grelot se met à tinter sur la branche. Flore serre les poings de colère.

— Inutile de nous menacer, triste gnome malveillant ! Que la magie du Grelot enchanté te renvoie chez toi sans tarder. Tu ne seras le bienvenu chez nous que le jour où la gaieté ne t’effraiera plus !

À ces mots, nous éclatons tous les deux de rire, puis nous valsons à toute allure en lançant :

— Et joyeux Noël à toi aussi, vilain lutin !

Est-ce qu’on s’est enfin débarrassés de Gobetout ?

20
décembre

Ce n'était pas une hallucination !

Il est trois heures du matin. Je viens de me réveiller en sursaut. J'ai fait un cauchemar affreux, j'en ai encore le souffle court. Allongé dans mon lit, je fixe le plafond en essayant de recouvrer mon calme. J'ai rêvé que Gobetout, ivre de rage, venait se venger. Il terrorisait tout le monde en détruisant la maison avec son grelot devenu immense, il effrayait les rennes pour les faire fuir dans la tempête, et il me retenait prisonnier dans les mailles d'un filet invisible. Il kidnappait l'artisan, Flore et Paul. Heureusement, à la fin, je m'échappais du filet et je sauvais tout le monde !

— Ouf, ce n'était qu'un cauchemar.

Je me lève pour changer de pyjama. J'ai tellement transpiré de peur en rêvant que je suis trempé comme une soupe ! Ensuite, je me faufile à pas de loup dans le couloir. Voyant un filet de lumière sous la porte de Flore, je frappe tout doucement en chuchotant :

— C'est moi, Elliot !

Elle m'ouvre avec un grand sourire, visiblement ravie de ne plus être seule, d'avoir quelqu'un avec qui partager son insomnie. Nous regardons ensemble par la fenêtre.

— Je ne vois personne dehors. Et toi ?

— Personne, répond ma cousine. Tout est tranquille. Mais j'étais trop inquiète pour dormir. J'ai préféré guetter, au cas où qui-tu-sais reviendrait...

— Tu ne risques plus rien ! On a réussi, j'en suis sûr.

À peine ai-je fini ma phrase qu'une lueur argentée scintille près de l'étable. Je m'empare d'une lampe torche, sur la table de chevet, et j'en braque le faisceau par la fenêtre, en direction de l'enclos.

— Tu as vu ? C'est Diamant qui brille ! Ça recommence !

Alors, sous nos yeux effarés... le renne s'envole vers notre fenêtre, cabriole joyeusement dans les airs, puis redescend lentement se coucher à sa place, dans l'enclos !

Je me pince le bras, tellement je n'arrive pas à y croire.

— Qu'est-ce qui s'est passé? bafouille ma cousine.

— Je ne sais pas trop, je bredouille à mon tour. Je crois que...

Je m'interromps. Sur la commode, le renne sculpté brille à son tour. Et maintenant, il bouge carrément ! Il secoue la tête, tend une patte en avant, pointe ses bois en direction de la fenêtre et entre un instant en lévitation ! Il tourne sur lui-même, brame comme s'il riait et se repose en douceur sur le bureau.

– Non mais, tu as vu ça, Flore ?!

Je me frotte les yeux, je touche le renne du bout du doigt, j'ai envie de crier de joie, et en même temps, je tremble d'émotion.

Je répète :

— Non mais, tu as vu ça, Flore?!

Elle hésite.

— Tu crois qu'on hallucine ? On est peut-être trop fatigués... Ou bien c'est la magie de Noël. Ou...

Ou rien du tout. Moi non plus, je n'y comprends rien. Mais je n'avais donc pas rêvé, la dernière fois. Et maintenant, c'est encore mieux, car nous sommes deux à avoir été témoins de ce phénomène tout bonnement incroyable. Je ne peux pas l'expliquer, il n'empêche: ça s'est passé ! Inutile de le nier, ou de chercher des explications tordues. Je sais ce que j'ai vu et ressenti. Ma cousine, aussi.

On doit absolument parler à l'artisan !

21
décembre

Rêve ou réalité ?

Comme Noël approche à grands pas, je demande à papa et à maman de nous emmener à l'atelier, en ville, en prétextant que nous voulons acheter des petits cadeaux pour toute la famille. Mon plan fonctionne, et, pendant que nos parents partent faire quelques courses de leur côté, Flore et moi rendons visite à l'artisan.

Nous entrons dans sa boutique, bien décidés à lui poser des questions sur Gobetout. Dès qu'il nous aperçoit, il s'exclame :

— Les enfants, bienvenue ! Merci d'avoir eu le courage de chasser Gobetout de notre belle forêt !

Il me tend une magnifique étoile dorée à planter au sommet de notre sapin. Je la prends, émerveillé de son éclat. Flore n'en revient pas.

— Comment savez-vous que notre étoile est cassée ? le questionne-t-elle d'un ton soupçonneux.

L'artisan paraît bien s'amuser de la situation.

— Oh ! Oh ! Oh ! Je sens que ce Noël sera particulièrement réussi ! lance-t-il sans répondre à la question.

— Et votre animal ? Il est guéri, maintenant ?

— Tu le sais très bien, Elliot ! élude-t-il. Un horrible gobelin voleur de bonheur a utilisé son grelot magique pour le kidnapper. D'ailleurs, c'est en tentant de lui échapper que mon gentil compagnon s'est blessé.

Ma cousine sursaute.

— C'est Diamant, votre animal? s'exclame-t-elle.

— Comme si tu ne t'en doutais pas, Flore! se moque gentiment l'artisan. J'ai de la chance, vous avez sauvé mon renne!
Autrefois, reprend-il, Gobetout travaillait avec moi à l'atelier. Il est devenu affreusement jaloux de Diamant, le jour où ce dernier est devenu célèbre parce qu'il était le plus rapide des rennes enchantés.

— Mais enfin! je bredouille. C'est quoi, toutes ces histoires de magie?

— Appelons cela plutôt des aventures, Elliot, tu veux bien?

Flore écarquille les yeux.

— Votre renne en bois est magique, lui aussi, on n'a pas rêvé?

— Les rêves sont parfois le reflet de la réalité, rétorque l'artisan, énigmatique.

— Arrêtez de faire des mystères, monsieur ! Si Diamant est à vous, pourquoi l'avoir laissé chez nous ? je m'impatiente.

— Parce qu'il y était plus en sécurité. Gobetout craint plus que tout la force de la joie des enfants à l'approche de Noël. Et puis, je n'allais pas obliger ce pauvre renne à se déplacer en pleine convalescence !

— Vous auriez dû lui demander de s'envoler, je grommelle, contrarié qu'il ne nous ait pas tout raconté avant.

L'artisan sourit.

— Primo, mes rennes ne peuvent voler sur une longue distance qu'une nuit par an, explique-t-il. Deuzio, Diamant a décidé de vous faire confiance, il savait que vous alliez prendre soin de lui. Et il aime aussi beaucoup Furieux, vous savez. Il n'aurait renoncé à ce petit séjour à l'enclos pour rien au monde !

— Vous nous faites une farce, hein, monsieur ? insiste Flore.

— Moi, une farce ? Jamais de la vie ! À présent, rentrez chez vous et préparez-vous à passer un Noël extraordinaire !

Là-dessus, un rire cristallin retentit dans la remise, au fond de l'atelier. Je me penche un peu sur le comptoir pour tenter de voir qui s'amuse dans la remise... et j'aperçois un lutin à bonnet vert qui ferme vite la porte !

— C'était un... un...

Je suis incapable de trouver mes mots. Alors, l'artisan nous raccompagne, en s'exclamant :

— Il plane comme un souffle de magie, les enfants ! Personne n'y peut rien, pas même le voleur de bonheur... Et c'est tant mieux !

22
décembre

Scotché !

Nous sommes rentrés tard de la ville, hier soir. C'était très gai, dans les rues. Des haut-parleurs diffusaient des chants de Noël en boucle, et de belles étoiles argentées se balançaient aux réverbères. Nous avons bu un chocolat chaud aromatisé à la cannelle et mangé des gaufres recouvertes de sucre glace, avant de faire un tour de vieux manège sur la place. Les adultes étaient encore plus ravis que nous : ils ont fait les clowns sur les chevaux de bois ! On a bien ri !

Après un dîner rapide, tout le monde a filé au lit. Je n'ai pas pu parler seul à seul avec Flore. De toute façon, elle était trop abasourdie pour discuter. Moi aussi, d'ailleurs : on a quand même découvert un tas de choses incroyables, chez l'artisan ! Ce matin, on est plus calmes, et capables de réfléchir un peu.

Mais avant tout, on fixe l'étoile au sommet du sapin de Noël !

— À ton avis, Elliot, cette étoile aussi, elle est magique ? demande soudain Flore.

— Pourquoi pas ? Plus rien ne peut m'étonner, maintenant !

— Alors, tant mieux, articule Flore à voix basse. Parce que… tu as vu, par terre ?

Je suis son regard en ayant déjà un affreux soupçon... Et je découvre le grelot noir, au pied du sapin.

— Oh, non ! Il est revenu ! je m'exclame, désespéré.

Flore fronce les sourcils de colère.

— J'en ai plus qu'assez ! grogne-t-elle, déterminée. On va voir ce qu'on va voir, non mais !

Elle monte dans sa chambre en courant et en rapporte peu après le renne sculpté articulé.

— Qu'est-ce que tu vas faire ? je m'étonne.

— Montrer à ce gobelin de malheur qui commande, ici !

Flore serre les poings et ajoute :

— On a assez ri, Gobetout ! Tu ne nous effraies plus du tout. À ton tour de trembler !

Elle s'empare du grelot qui s'agite, pour une fois sans parvenir à émettre le moindre son. Alors, elle l'enroule dans une épaisse couche de ruban adhésif et l'attache à une bande de tissu qu'elle noue au cou du renne en bois sculpté. Jamais Gobetout ne pourra s'en approcher, et ainsi, il ne pourra plus voler le bonheur d'autres enfants ! Ensuite, Flore pose le renne près du sapin, comme une décoration, et m'entraîne dans une petite danse joyeuse en chantant :

— Rien ne peut gâcher notre bonheur ! La magie de Noël sera toujours la plus forte !

En nous entendant, nos parents accourent en riant. Ils se joignent à nous et nous passons toute la journée à terminer les préparatifs ensemble dans un charmant brouhaha. Le plus rigolo, c'est d'envelopper les cadeaux. On a choisi du papier coloré recouvert d'étoiles argentées. J'espère que j'aurai le plus gros paquet !

À un moment, je vois un bonnet sombre qui fonce sous le rebord de la fenêtre. Je décide de ne pas cafter. Gobetout est paniqué, ça se sent. Il a compris qu'il ne gagnerait pas la partie.

Autant le laisser filer et continuer à m'amuser comme si de rien n'était !

Mais je décide d'écrire un petit mot au méchant gobelin, dans lequel je lui expliquerai que je lui rendrai son grelot après Noël, à la lisière de la forêt. Un petit mot que je laisserai discrètement au pied du sapin, bien sûr.

23
décembre

Un bo… un bobo…

Ce soir, Flore et moi jouons en ligne avec Paul. Maintenant que la météo est redevenue plus calme, je vais pouvoir l'inviter à la maison, après le réveillon. Ma cousine a hâte de le rencontrer en vrai. Il faut dire qu'on s'amuse drôlement bien, avec lui. En plus, grâce aux caméras, on se voit, et Paul est très rigolo : il est le champion des grimaces idiotes ! Moi, je n'ose pas l'imiter, je suis trop timide. Mais Flore, elle, n'hésite pas à le concurrencer !

— Au fait, tu as demandé quoi, Paul, comme cadeau de Noël ? demande ma cousine dès que le visage de mon ami apparaît à l'écran.

— J'aimerais assez avoir un ou une adversaire à ma hauteur aux jeux en ligne ! répond-il, provocateur.

— Tu exagères, je ne me défends pas mal ! je proteste.

Flore pousse un soupir railleur.

— Ah, oui, Paul ! Tu dis ça parce que tu veux rester bloqué au premier niveau… Parce que les adversaires à ta hauteur, ils ne vont pas être bien grands ! Je te rappelle qu'Elliot et moi, on t'a aidé à augmenter ton score !

— OK, Flore, tu as de la répartie, admet Paul à contrecœur. Dommage que tu ne joues pas aussi bien que tu parles !

Ma cousine n'est pas du genre à laisser passer la contre-attaque, mais maintenant, ça suffit. Je m'interpose :

— Trêve de Noël, les amis !

Nous éclatons de rire, et nous mettons à jouer. Je me sens vraiment mieux, aujourd'hui. Maintenant que Gobetout a filé pour de bon, tout est plus léger. Même les rennes paraissent réconfortés. Tiens, d'ailleurs, je me demande s'ils sont bien installés pour la nuit. Avec Flore, nous ne sommes pas allés à l'enclos après le dîner.

— Désolé, Paul, je mets en pause, je vais vérifier quelque chose et je reviens !

— Te presse pas, Elliot, je continue la partie avec Flore, elle se débrouille très bien toute seule !

Je ne réponds pas. Je sais qu'il me provoque, ça n'a rien de méchant. Je ne suis pas si naïf, je lui montre que je suis le plus malin des deux ! Je quitte donc ma chaise en l'ignorant.

Le grelot est toujours là, suspendu au cou du renne en bois. Je me dirige vers la fenêtre. Bon, d'accord, c'est peut-être idiot, mais je ne peux pas m'empêcher de faire coucou de la main à Furieux et à Diamant, derrière la vitre. Furieux se met à gambader, il fait souvent ça pour m'accueillir lorsque je m'approche de lui, j'aime bien. Quant à Diamant, qui était encore couché, il se redresse brusquement sur ses pattes et se met à bondir sur place comme si quelqu'un lui avait mis du poil à gratter dans son pelage ! Je scrute la pénombre, me demandant ce qui peut déclencher un pareil comportement... quand une lueur vert intense fuse au ras du sol, entre ses sabots. Je plisse les yeux, pour mieux voir, et réprime un cri de stupeur.

— Un bo... un bobo..., je bégaie, absolument stupéfait.

— Sérieux, tu crois que je vais tomber dans le piège, Elliot ? Tu n'arriveras pas à me déconcentrer pour me faire perdre la partie! rigole Flore.

Eh non, cousine! Tu te trompes lourdement... Je fais un effort et parviens à articuler:

— Un bonnet vert, Flore! Il y a un lutin dans l'enclos! Des étincelles crépitent tout autour de Diamant...

Ma cousine pose un doigt sur ses lèvres, coupe le micro de l'ordinateur et s'inquiète:

— Un gentil, ou un méchant lutin?

24
décembre

Gardons une petite place

Ça y est, c'est le soir du réveillon ! Flore, ses parents, papa, maman et moi, on est tous réunis au salon. L'ambiance est fantastique ! On a grignoté un tas de petits feuilletés au pâté, on mange de la dinde aux marrons avec des pommes de terre toutes dorées, et puis de la bûche glacée et du jus de pomme pétillant, on bavarde, on a mis de la musique, on chante un peu et on se chamaille gentiment, c'est très joyeux !

— Elliot, on a oublié nos cadeaux pour les rennes ! s'exclame soudain Flore.

Vite, je me tourne vers papa et maman.

— On peut aller à l'enclos, une minute ?

Ils nous donnent la permission, et nous courons à la cuisine chercher les petits fagots spéciaux que nous avons préparés pour les rennes : des brindilles de leurs végétaux préférés, sur lesquelles nous avons versé un peu de miel. Ils ont le droit de fêter Noël, eux aussi ! Les bras chargés, Flore et moi sortons rapidement de la maison, impatients de leur apporter notre surprise. Mais à peine atteignons-nous l'étable que ma cousine panique :

— Oh, non, Gobetout est revenu ! Et cette fois, il a kidnappé Diamant !

Notre pensionnaire n'est plus là, en effet. Pourtant... j'ai vérifié, le grelot magique est toujours enveloppé dans le ruban adhésif, autour du cou du renne sculpté, donc ce n'est pas Gobetout, car il n'aurait jamais laissé son grelot. Et puis, sur l'enclos, il plane comme un parfum de joie. C'est une impression indéfinissable, la certitude de quelque chose de mystérieux. Ça se ressent.

Intrigué, je regarde attentivement autour de nous après avoir déposé les fagots dans les râteliers.

— Oh ! tu as vu, Flore, sur le bord du chemin, près de la barrière ?

Ma cousine pivote.

— C'est le vélo de l'artisan ! s'exclame-t-elle. Mais lui, où est-il ? Tu crois qu'il serait venu reprendre Diamant sans rien nous dire ?

— Je crois surtout qu'ils vont avoir du travail, cette nuit, je réponds à voix basse, stupéfait de mes propres paroles.

Une lueur étrange s'éloigne alors dans le ciel, juste au-dessus de nous, et un message virevolte jusqu'à nos pieds ! Flore se penche pour le ramasser et lit :

Mes chers enfants, merci !

Le lutin responsable de mon traîneau, que vous avez aperçu hier, a trouvé Diamant en super forme lorsqu'il est venu le voir. Vous avez sauvé mon renne de tête, sans lequel l'attelage ne peut se diriger dans le ciel !

Gobetout a essayé de l'enlever pour m'empêcher de distribuer les cadeaux, mais, grâce à vous, Noël pourra avoir lieu. En plus, sans son grelot, Gobetout n'est pas près de gâcher la fête.

Dès demain, je pourrai regagner mon véritable atelier, là-haut dans les airs. Quant à vous, gardez toujours une petite place dans votre cœur pour croire en l'impossible, et rentrez fêter cette belle soirée en famille. Je vous souhaite une nuit extraordinaire !

Puis le message se transforme en pluie d'étincelles dorées, et la lueur, dans le ciel, disparaît tout à coup, comme une étoile qui aurait brusquement accéléré.

— Elliot... je... je ne m'attendais pas à ça, en venant ici, c'est si... ahurissant, bafouille ma cousine.

— Je ne sais pas quoi dire, Flore...

— Oui, tu as raison. On n'en parlera jamais à personne.

— À personne, c'est promis. Ce sera notre secret.

Puis, en l'entraînant gaiement vers la maison, je m'écrie :

— Et youpi ! Nous avons sauvé Noël !

Mot de l'autrice

La douceur de Noël, le bonheur de se blottir au chaud à la maison : moi, ça m'inspire plein d'histoires à raconter... Et un roman de l'Avent, c'est exactement ce dont je rêvais. Mon éditrice a eu une excellente idée ! Autrefois, il fallait découper les pages des livres pour les lire. Alors, me confier l'écriture de cette aventure moderne sous un format à l'ancienne, quel merveilleux cadeau ! J'espère maintenant que ce Roman de l'Avent t'inspirera à ton tour de belles histoires à raconter...

En tout cas, joyeux Noël et bonne lecture !

NATACHA GODEAU

D'autres aventures pour attendre Noël...

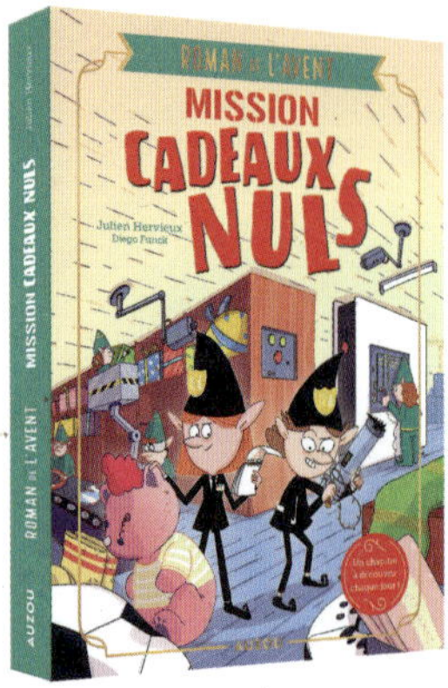

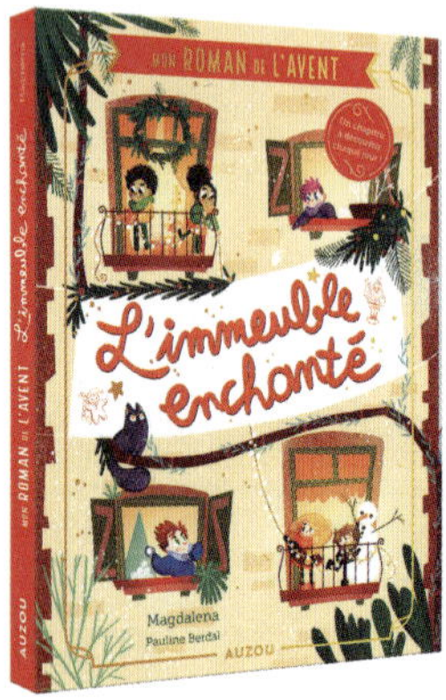

24-32, rue des Amandiers, 75020 Paris – France

Mise en pages : IGS-CP
Correction : Karine Afchain, Catherine Rigal

Loi n° 49-956 du 16 juillet 1949 sur les publications destinées à la jeunesse, modifiée par la loi n° 2011-525 du 17 mai 2011.

Dépôt légal : octobre 2021.

Imprimé en Chine. Printed in China
Produit conçu et fabriqué sous système de management de la qualité certifiée AFAQ ISO 9001.

FSC
www.fsc.org
MIXTE
Papier issu de sources responsables
FSC® C020056